AF331236

DIALOGUE

SUR LA SANTÉ

OU

QUATRE RECETTES POUR UNE LONGUE VIE.

VICTOR, *petit docteur.* . . . . *parle* 32 *fois.*
ABEL, *moraliste.* . . . . — 17 —
LOUIS, *pour la tempérance et la vie sobre.* — 16 —
ERNEST, *pour l'air pur et le travail.* . . . . . — 17 —
JULES, *espiègle, jovial.* . . . . — 29 —

1863

VICTOR (*seul sur le théâtre*).

Messieurs,

En jetant les yeux sur cette magnifique assemblée,
je ne trouve que des regards amis et des fronts où se
lisent la bienveillance et le dévouement pour le jeune
âge. Aussi je sens naître en moi la plus douce con-
fiance, et je ne crains point de solliciter l'honneur

d'un court entretien avec quelques-uns de mes condisciples, sur la santé et sur les moyens de se procurer une longue vie.

Si nous n'avons pas le talent d'intéresser, nous aurons au moins le mérite de la bonne volonté; à notre âge, c'est déjà quelque chose. Mais, quand on a pour auditeurs des pasteurs et des prêtres pleins d'amour, des magistrats au cœur dévoué pour la jeunesse, des bienfaiteurs et des parents, on est sûr à l'avance de réussir, et même de recueillir quelques applaudissements.

JULES.

Puisqu'il nous est permis de parler, je dirai tout de suite que voilà bientôt onze mois bien comptés que nous courons après les sciences qui ornent l'esprit; il est temps de songer à notre petite santé et de prendre un peu de repos.

ERNEST.

J'en connais bien qui n'ont pas couru trop vite, et qui n'ont pas un bagage de science bien difficile à porter.

JULES.

Vous voulez nous enseigner l'art de prolonger la vie, eh bien! moi, je crois que, si l'on veut vivre longtemps, il faut vivre doucement. Quand on veut courir trop vite, on risque de faire quelque chute. Demande plutôt à monsieur le docteur que voici (*montrant Victor*).

VICTOR.

Procédons avec ordre et méthode.

LOUIS.

C'est cela, il faut tâter le pouls et regarder la langue, avant de dire si quelqu'un est malade.

VICTOR.

Disons d'abord que la santé est le bien le plus précieux.

JULES.

Voilà justement pourquoi il ne faut pas se tuer avant le temps.

ERNEST.

Elle est si précieuse, que c'est par elle que l'on commence et que l'on termine toutes les conversations. Voyez plutôt quand on s'aborde (*d'un ton cérémonieux*) : Bonjour, Monsieur, votre santé est-elle toujours bonne ? Comment se porte Madame ? Comment va la petite ? Et le petit, est-il toujours aussi rose et aussi vermeil ? Personne de malade chez vous ? Oh ! j'en suis charmé... Si l'on se quitte, le même refrain recommence avec cette variante : Adieu, Monsieur, portez-vous bien, bonne santé à Madame, bonne santé au petit et à la petite, bonne santé à toute votre aimable famille.

ABEL.

C'est parce que l'on a compris que la santé, c'est le trésor du riche, la ressource et le capital du pauvre.

VICTOR.

Et ce capital peut rapporter cent pour cent à l'homme de cœur et de bonne volonté.

LOUIS.

Et sans la santé, adieu les plaisirs et le bonheur.

ABEL (*sentencieusement*).

C'est l'avis d'un ancien poëte :

> Sans l'aimable santé, mère de l'allégresse,
> En vain la fortune caresse;
> Santé passe grandeur, santé passe richesse.

ERNEST.

Allons, Victor, quelle est la première recette pour vivre longtemps ?

JULES.

C'est ça, donne-nous quelques gouttes de ton élixir de longue vie, j'en prendrai le premier.

VICTOR (*imitant le charlatan*).

Je ne suis point un de ces charlatans qui ont visité les cinq parties du monde et bien d'autres encore...

JULES.

Ça ne débute pas mal !

VICTOR.

Qui se font remarquer à la cour de toutes les majestés de la terre...

JULES.

Il a quelque parenté avec un charlatan.

VICTOR.

Qui vous enlèvent les dents comme on cueille une fleur...

JULES.

Pour sûr, il descend en ligne droite du grand Chicorabode, le merveilleux arracheur de dents.

VICTOR.

Qui guérissent tous les maux passés, présents et même futurs.

JULES (*impatienté*.

Mais l'isthme de Suez sera percé quatre fois avant que tu aies fini ton préambule.

VICTOR.

J'arrive.

LOUIS.

Oui, par le chemin des écoliers, qui n'est jamais le plus court; mais, chut! ne le disons pas si haut.

VICTOR.

Je veux simplement hasarder quelques conseils sur la santé.

JULES.

Enfin, nous y sommes, as-tu ton diplôme de docteur?

VICTOR.

Pas besoin de diplôme pour ma médecine; elle est facile et à la portée de tous.

ABEL.

En effet, la Providence a établi des remèdes efficaces
et qu'elle ne fait payer à personne.

VICTOR.

Primo, pour se bien porter, il faut un air pur,
abondant, généreux, que l'on puisse respirer à pleine
poitrine.

ABEL.

En effet, l'homme privé d'air est comme une plante
à l'abri du soleil; il s'étiole, perd ses couleurs et se
flétrit.

ERNEST.

A labonne heure, vive une telle recette: le grand
air et la liberté, voilà de bons remèdes pour la santé !

JULES.

Justement, j'ai entendu dire que les courants d'air
sont très-dangereux ; au moins, en plein champ, il n'y
a pas grand danger d'en attraper.

ERNEST.

Le bon Dieu aurait dû nous donner des ailes comme
aux oiseaux, alors nous nous serions élancés dans l'es-
pace, sans crainte de manquer jamais d'air.

ABEL.

Ne crains rien, il ne nous manquera point ; la
Providence nous l'a donné assez riche et assez abondant.

VICTOR.

Elle a même poussé plus loin la prévoyance : l'air vicié devient la nourriture et l'aliment des plantes, et sans cesse l'atmosphère se renouvelle et se purifie.

JULES.

Je croyais que vous alliez nous proposer d'aller à l'école en plein champ, et déjà je votais à l'unanimité.

VICTOR.

Voici, seulement les mesures à prendre. Ne point séjourner longtemps dans un appartement sans en renouveler l'air, si l'on a des occupations trop séden-taires...

ERNEST.

Comme celles de l'écolier, par exemple.

VICTOR.

Sortir de temps en temps pour prendre un bain large et abondant d'air et de soleil : voilà qui récon-forte et qui vivifie.

ABEL.

L'air est avant tout la saine nourriture de l'homme, il en a besoin à chaque seconde de son existence.

LOUIS.

Il me semble que vous nourrissez l'homme à trop bon marché ; l'air tout seul ne ferait pas des estomacs bien vigoureux.

VICTOR.

C'est juste ; donc, second précepte pour la santé : la tempérance et la sobriété.

ERNEST.

Mais il me semble que tu te trompes grossièrement; tu veux dire sans doute nourriture abondante et copieux repas.

VICTOR.

C'est le conseil du sage qu'il faut une nourriture suffisante, mais sans aucune recherche ; les aliments les plus simples sont toujours les meilleurs.

ABEL.

Il faut suivre en cela le précepte des anciens :

> Choisissez une nourriture
> Simple et conforme à la nature :
> De bon laitage et des œufs frais,
> Toujours des aliments sans faste et sans apprêts.
> Les mets de cette espèce
> Vous feront arriver à l'extrême vieillesse.

LOUIS.

C'est là ce qui fait si robustes les habitants de la campagne.

ERNEST.

Je crois qu'ils n'ont pas souvent d'indigestion de dindons et de poulets ; ils se contentent de les élever, et d'autres prennent le charitable soin de les manger.

LOUIS.

Pourtant ils sont vermeils et brillants de santé.

JULES.

Ce qui ne prouve pas qu'un bon poulet soit toujours à dédaigner. Pour mon compte, je me chargerais volontiers de donner quelquefois une douce hospitalité à l'une de ces intéressantes créatures.

ABEL.

N'oublions pas que la table a fait plus de victimes que la guerre.

LOUIS.

Et qu'un illustre auteur a dit : « Lorsque j'aperçois une table trop somptueuse, il me semble voir la goutte, l'hydropisie et toutes les fièvres malignes se tenir en embuscade entre les plats et les assiettes. »

VICTOR.

Oh! la bonne affaire pour les médecins qu'une cuisine trop recherchée !

LOUIS.

Voilà pourquoi l'un d'eux se plaisait à dire :« Rarement on m'a réveillé pour une personne qui n'avait pas soupé; cent fois on m'a fait appeler pour celles qui avaient trop bien soupé. »

ABEL.

Ce qui prouve l'utilité de suivre cette sage ordonnance :

> Si vous voulez le lendemain
> Vous lever léger, frais et sain,
> Vous devez fuir comme la peste

Ces dîners d'apparat où l'exemple séduit ;
Une douleur funeste
En est presque toujours le déplorable fruit.

LOUIS.

Moi, j'aime beaucoup ce médecin jovial qui allait visiter des malades opulents ; il embrassait quelquefois avec étreinte les chefs de cuisine en disant : O mes amis ! combien vous nous rendez de services, à nous autres médecins ! Sans vous, la Faculté tout entière serait déjà morte à l'hôpital.

VICTOR.

Aussi des hommes se sont immortalisés pour leur tempérance. Le célèbre Louis Cornaro, usé par les excès à trente-cinq ans, fut condamné par les médecins à n'avoir plus que deux années de vie.

JULES.

Heureusement que le bon Dieu n'approuve pas toujours les passeports signés du médecin.

VICTOR.

Louis Cornaro se réduisit alors à douze onces d'aliments par jour, s'interdit tous les excès et vécut jusqu'à cent ans ; il a laissé un précieux ouvrage sur la santé et sur l'art de vivre longtemps.

LOUIS.

Et Massinissa, peut-être le plus sage des rois, conserva pendant près d'un siècle la vigueur de sa jeunesse ; il vainquit les Carthaginois à quatre-vingt-douze ans.

ERNEST.

C'est pour les Crésus que vous parlez : l'enfant du peuple ne peut craindre les abus... N'est-il pas heureux quand la Providence lui donne le pain de chaque jour, et rarement quelque chose avec?

VICTOR.

L'enfant du peuple lui-même peut faire des excès; il imite bien souvent un jeune mangeur de confitures trop fidèle aux recommandations de sa mère. « Mon fils, lui avait-elle dit, ne remets jamais au lendemain ce que tu peux faire le jour même »

JULES.

Eh bien! la maxime était très-sage.

VICTOR.

Oui, mais l'application ne le fut pas. Une heure après, la mère trouve l'enfant dans la chambre voisine, en face d'un large pot de confitures; il le vidait avec une ardeur et un courage sans pareils. — Eh! que fais-tu là, mon fils! — Maman, je mets en pratique tes sages conseils : je puis manger toutes les confitures aujourd'hui, je me garde bien de les remettre à demain. — Et la mère ne remit pas non plus au lendemain la correction que méritait ce petit gourmand.

ABEL.

Et l'intempérance non plus ne remet pas toujours au lendemain les châtiments qu'elle nous réserve.

JULES.

Puisque la sobriété est si précieuse, elle doit être bonne aussi dans les paroles ; ainsi, je vous engage à tirer vos conclusions et à signer votre ordonnance.

VICTOR.

La voici : Sagesse et modération dans le boire et dans le manger.

LOUIS.

Tu pourrais ajouter, à l'adresse des enfants : Prudent usage des fruits, surtout lorsqu'ils ne sont pas parfaitement mûrs.

JULES.

Je suis de ton avis : je trouve que les fruits bien mûrs sont meilleurs que les autres.

VICTOR.

Je propose une troisième recette pour conserver la santé.

JULES.

C'est sans doute d'avoir six mille livres de rente, n'est-ce pas? Alors au moins on peut acheter des fruits bien mûrs, et surtout s'abandonner à ce doux repos qui ne fatigue ni le corps ni l'esprit.

VICTOR.

C'est juste le contraire, car le travail est le meilleur gardien de la santé.

JULES.

Comment! pour vivre longtemps, il faut que je me tue par le travail! C'est comme si tu me disais d'aller me jeter à la rivière pour n'être pas mouillé.

ABEL.

Comme un instrument se rouille et perd son brillant poli lorsqu'il reste sans usage, ainsi le corps inactif est bientôt attaqué par quelque maladie.

ERNEST.

Ce que l'on demande, c'est un travail sage et réglé par la prudence.

JULES.

Ah! je comprends; c'est-à-dire qu'il faut en prendre et en laisser.

ERNEST.

Oui, mais je crains bien que tu n'en laisses plus que tu n'en prendras.

JULES.

C'est toujours par prudence et par principe de santé.

ERNEST.

On recommande principalement le travail du matin : il ne fatigue jamais.

JULES.

Surtout quand on se lève tout juste pour déjeuner.

VICTOR.

Un trop long sommeil amollit le corps et l'âme ; il faut rarement permettre au soleil de se lever avant nous.

JULES.

Oh ! moi, je suis de l'avis d'un certain dormeur : le soleil, c'est mon frère aîné, et je le respecte trop pour oser me lever avant lui.

ABEL.

Il serait beaucoup plus sage d'observer le conseil suivant :

> Réservez à la nuit un sommeil limité :
> Pour le vieillard et le jeune homme,
> Dormir sept heures d'un bon somme,
> C'est suffisant pour la santé.

ERNEST.

Surtout il faut s'habituer de bonne heure à ne pas craindre les fatigues et les intempéries de l'air.

ABEL.

Sans mépriser toutefois la prudence, compagne de la sûreté.

ERNEST.

Il faut imiter le courageux Henri IV, alors qu'il n'était encore que l'enfant du Béarn : il se mêlait aux jeunes paysans, et, avec eux, il gravissait les monts et les coteaux, bravait les peines et les fatigues.

JULES.

J'en ferais bien autant. S'il ne s'agit que de courir les bois et les champs, je suis de la partie.

ERNEST.

Eh bien ! imite-le jusqu'au bout. Il se préparait par là à conquérir son royaume à la pointe de son épée ; conquiers aussi une santé robuste et une honnête fortune par un travail généreux.

ABEL.

En effet, la fortune a des ailes ; il faut courir, et même prendre un vol rapide pour l'atteindre.

ERNEST.

Et le paresseux marche trop lentement pour l'atteindre.

VICTOR.

Je crains même beaucoup que la porte du Paradis ne soit déjà fermée quand il se présentera pour entrer, car le paresseux est toujours en retard.

LOUIS.

La paresse n'est pas le seul vice qui ruine la santé ; tous les vices et les désirs violents rongent et abattent le corps et l'âme.

VICTOR.

Voici venue la quatrième et dernière recette : Avoir toujours le cœur tranquille et calme ; l'âme pure et sereine comme un ciel sans nuage.

ABEL.

Ne point la laisser courir comme une folle après toutes les jouissances trompeuses.

LOUIS.

Être toujours content et joyeux, quelque chose qu'il arrive.

VICTOR.

C'est cela : ne pas plus nous effrayer que les vieux Gaulois, nos ancêtres, qui ne voulaient trembler que quand le ciel serait prêt à tomber sur leur tête.

JULES.

Ce qui n'arrivera pas encore pour nous demain, je l'espère.

LOUIS.

Petite santé, conduite doucement, peut aller très-loin.

JULES.

Ne craignez rien, j'aurai soin du charmant fils de ma mère.

VICTOR.

Tu feras bien, car il en vaut la peine.

JULES.

Et si l'on vivait encore des siècles, comme au temps de Mathusalem, je me ferais tout de suite inscrire sur les rangs pour concourir.

VICTOR.

A toutes les époques, même en France, plusieurs

ont atteint et dépassé la centaine ; et ils doivent surtout cette longue et belle vie aux recettes si simples que nous venons de donner.

LOUIS.

En effet, j'ai lu qu'en 1554, le cardinal d'Armagnac passant dans une rue, aperçut un vieillard qui pleurait. Il s'approche pour le consoler, et lui demande la cause de son chagrin. — Ah ! Monseigneur, répond le vieillard, c'est parce que mon père m'a battu. — Impossible ! à cet âge-là ! dit le Cardinal. — Oui, Monseigneur ; il m'a battu, parce que j'avais passé devant mon grand-père sans ôter mon bonnet.

JULES.

Je crois bien que ton histoire s'est passée dans les environs de Cracovie, ou au moins sur les rives de la Garonne.

LOUIS.

Le Cardinal prit les informations, et trouva que le vieillard avait 81 ans, son père, 103, et le grand-père, 123. Et je te souhaite une aussi longue vie, même au risque de recevoir une légère correction à cet âge-là.

JULES.

Ton histoire est aussi difficile à digérer que les fruits verts dont on parlait tout à l'heure.

Je prie monsieur l'incrédule de profiter des vacances pour aller vérifier un fait que l'on dit se passer à présent en Belgique. Le roi Léopold (qui lui-même est âgé de 73 ans) vient d'accorder une pension de retraite à un capitaine âgé de 52 ans. Le père, comme le fils, capitaine retraité, en a 86, et le grand-père, également pensionné, est un brave vétéran de 106 ans, qui ne songe nullement à s'en aller.

JULES.

Eh bien! je prie messieurs les retraités de ne pas vivre tous aussi longtemps : les finances et le trésor seraient bientôt ruinés à ce compte-là.

ERNEST.

Et moi, je préfère une bonne pension de retraite et une large croix sur la poitrine, à l'âge de 106 ans, que d'être décoré sur l'épaule de l'ordre du Bâton à 81 ans.

VICTOR.

Pour atteindre cet âge heureux, il faut être avant tout fidèles à nos sages ordonnances, résumées dans ces trois mots :

> Gaité, doux exercice et modeste repas :
> Voilà trois médecins qui ne se trompent pas.

ABEL.

Pour moi, si jamais ma bonne étoile me fait devenir quelque chose, je propose de fonder une pension de retraite, et d'établir une décoration pour tous les généreux protecteurs de notre jeunesse, même avant qu'ils aient atteint l'âge de 106 ans.

APRÈS LA DISTRIBUTION.

———

Messieurs,

Il nous restera des souvenirs bien touchants de cette solennité. Nous aimerons à revoir ces lauriers et ces prix que vous avez distribués; nous ne pourrons oublier les douces émotions que nous avons éprouvées en recevant ces couronnes; mais le plus impérissable de tous les souvenirs sera encore celui de votre bienveillance et de vos sourires affectueux.

Nous sommes fiers, en effet, d'être les objets de tant de sollicitude et d'amour; c'est un spectacle attendrissant de voir des écoliers et de jeunes enfants entourés des personnes les plus dignes et les plus respectables; et, si nous cherchons les motifs qui vous réunissent dans cette enceinte, nous ne les trouvons que dans vos cœurs si nobles et si dévoués. Soyez mille fois bénis, Messieurs, pour ce tendre intérêt que vous accordez à l'enfance; c'est une grande leçon que vous nous donnez : vous voulez nous apprendre pour plus tard à protéger le faible et à répandre, à votre exemple, le bonheur sur notre passage.

Nous resterons fidèles à ces encouragements et à ces

exemples. Ceux qui continueront à recevoir la précieuse éducation que vous nous faites donner si généreusement, voudront être tous des écoliers accomplis pour mériter davantage vos bienfaits. Ceux qui resteront dans leurs foyers voudront marcher sur vos traces, être toujours bons et vertueux, faire la gloire et la joie de leurs familles.

Oui, tous nous voulons être dignes de ce Pasteur et de ces prêtres qui nous aiment tendrement, de ces dignes magistrats qui nous couvrent de leur protection, de tous ces bienfaiteurs généreux qui ont chaque jour les mains ouvertes pour répandre sur nous le bonheur et les plus douces jouissances.

Versailles. — Imp. BEAU jeune, rue de l'Orangerie, 36.